KB099124

남자들이여 출산하라

지혜사랑 289

남자들이여 출산하라

송영숙 시집

지혜

시인의 말

내 슬픔의 자리는 너무 작아서
조금씩 덜어 먹느라 오래 걸릴 듯하다

2024년
송 영 숙

차례

2부

3부

4부

5부

1부

• 일러두기

페이지의 첫줄이 연과 연 사이의 띄어쓰기 줄에 해당할 경우 > 로
표시합니다.

근질

제주도 세화우체국에서
너에게 편지를 써
사랑이라고 두 글자만 써서
발신인 주소 없이 빠른우편으로 보냈어
너는 뛸 듯이 기뻐하겠지
첫사랑이 찾아왔다며
미안하지만 나야
화풀이는 바다에게
거리마다 수국이 불두화가 지천이야
갑자기 부처님께 너의 안부를 물었지 뭐야
부처님 느닷없어 하시겠지만
화풀이는 바다에게

세상의 딸들에게

세상의 딸들은 모두 어머니에게 불친절하다
어머니는 분풀이 대상
다 받아주는 어머니들도 어머니에게 불친절했던
그 시절에 대한 보속으로
딸들의 화풀이를 참아낸다
그래 여자라서 받는 억울함을 이 어미에게만 풀어다오
다른 데 가서 하면 니 에미가 누구냐 물을 테니
그때는 따따부따할 것 없느니
여자라서 더 아픈 딸들아
남자들에게는 없는 유방 덩어리
남자들에게는 없는 동굴 같은 자궁
골치 아프다가도 마냥 보물 같은 전유물
내 새끼 남의 새끼 돌아가며 물리고 빨리니
남은 것은 길게 늘어져 껍질만 남아 출렁대는
한낱 살덩어리
이제 누가 이것을 유방이라 부르랴
다 파내고 껍질만 남아 출렁대는
한낱 살덩어리
이제 누가 이것을 자궁이라 부르랴
그래도 이 에미 없어졌을 때 오래 슬퍼할 딸들아
밤늦도록 놀다가 내일 들어와도 되느니

남자들이여 출산하라

비켜라 바쁘다
뭐 그리 바쁘냐고
밥하고 빨래하고 애 낳으러 간다
숨어서 혼자 노는 남자들이여
우린 여기까지다
이제 그대들의 앞치마가 펄럭일 시간
연꽃무늬 이불 털어 하늘에 널고
나와서 밥하고 빨래하고 출산하라
입은 다물고 공손하게
튼튼한 팔뚝과 장엄한 종아리로
아기를 품어
배가 남산만 해지도록 키우다가
콩나물 사러 나올 때는
배꼽 볼록 나오게
얇은 티셔츠 한 장 잊지 말기를

잘 가라 치사한 새끼

어젯밤 내 집 앞에
한 자루 오래된 사과를 두고 가신 이는
설마 당신
그것도 사과라고 단내를 풍기십니까

올 농사는 괜찮을 것 같사옵니다
그만 주세요 이제 좀 살 만합니다

뜻을 이룬 자는 떠난다 하셨지요
옳습니다 지당하신 말씀
쟁여놓은 슬픔 넘쳐흐르던 하필 그날이었죠
얻어먹은 밥이 모래알이더군요

당신은 무릇 반가半跏로 사유思惟하고 있었으나
속을 알 수 없었고

치사한 새끼 넌 아웃이야 말로는 못하고

사과는 우리 오래 사랑한 값으로 여기시라
저는 그걸 말이라고 뱉어놓기는 했지만
못 먹는 것 말고 다 먹던 시절은 갔습니다

안녕 땡큐 쏘 머치

찡긋 오늘 어때

결혼 지옥이라는 프로가 다 있지 뭐야 결혼이 지옥이라고 대놓고 말하는 꼬맹이들아 결혼이 우습지 암 우습고 말고

귀 좀 줘 봐 즐거운 결혼 따윈 없단다 놀던 아이들 중 용케도 엑스맨을 골라 곁을 나누어주는 거지 왜 있잖아 쿵 심장 떨어지듯 화끈하게 바닥으로 나동그라지는 거 그래 그것을 지옥이라 치자

지옥은 새 옷 입고 처음처럼 가는 길

희망을 가져봐 지루하지 않은 청룡 열차 이제라도 신나게 너의 그 애와 나란히 앉아 소리쳐봐 다 가져봐 찡긋 오늘 어때

뒷담화 1
— 성형미인

　헷갈려 너무 똑같아 곱단이가 언년이인지 언년이가 끝순이인지 헷갈려 쌍꺼풀을 만들어 주세요 앞은 트고 뒤도 약간 트고 코는 적당히 오똑하게 입술은 도톰한 정도도 키스를 불러일으키게 만들어주세요 세상 모든 시선을 모아주세요 가슴은 물방울이 좋겠어요 가슴선이 보일락 말락 티가 안 나게 마이크로텍스쳐가 좋을까요 최대한 원래의 것인 양 풍성하면서 말랑말랑하게 적당하게 여보세요 적당하게가 뭡니까 확실하게 주문하세요 아름답게 소담스럽게 아니잖아요 그건 더 애매하잖아요

　옆집 할머니를 언니라고 부를 뻔했잖아요 나도 언니가 될까 봐요 옛날의 나를 사람들이 까맣게 잊어버리고 언니라고 부르게 할까 봐요 앞서가는 것들 뒤서게 할까 봐요 가던 이들 따라오게 할까 봐요 따라오다 한눈팔면 다리 하나 부러뜨려 코피 터지게 할까 봐요 언니라고 불러줘요 가까이 오지 마요 바라만 보라구요 이리 오너라 같이 놀자 이래 봬도 나 언니 이거 왜 이래요

뒷담화 2
— 엉덩이

숙녀가 엉덩이를 흔든다 세상이 흔들

숙녀가 엉덩이를 그렇게 흔들어서야 되겠니 그렇게 돌려
서야 되겠니 안 될 거 뭐가 있냐구요 피가 끓어올라 주체할
수가 없다구요 비켜요 저리 가요 말 다했니 그래 흔들어라
그렇게 흔들어서 골반이 나가겠니 이마엔 땀방울 그렇게
웃어서 목이 나가겠니

여기가 바로 유토피아
빙글빙글 돌며 날마다 어깨를 들썩이지
티비로 보는 스트립쇼가 기가 막히다
고만고만한
이쁘고 발랄한 여자 아이돌이
온몸 가득 분칠하고 엉덩이를 흔들며
사각의 테이블에서
빠른 비트의 노래에 각을 맞춰
흔들고 비틀 때마다
벌떡 일어나 훌라후프 돌리듯
나도 최선을 다해 흔들며 비틀
기분 째진다
맥주는 끓고

>

엉덩이를 흔들다가 우는 숙녀야 왜 그러니 무슨 일이니
아줌마가 웬 참견이에요 아니 어느집 규수기에 이리 못된
거니 그래 미안하구나 흔들어라 둥글게 둥글게 좌로 우로
흔들어 날려버려라

꿈은 오빠가 꾸어주고

오빠는 왜 나를 가스라이팅 했어

나는 제대로 세뇌 당했고 그러므로 세상 재미없어

순종과 지혜의 초입에서

착하고 어질라고 꿈은 오빠가 꾸어주고

나는 창을 부수고 나와 쌩긋

묶음 머리 휘날리며 뛰어다녀

여기가 천국이야

바다가 보이는 마구간 거기로 와줘

당근 찾으러 그리로 가

바빠서 이만

행간에 입 맞추기

읽던 시집 아픈 페이지에

감기 몸살 약을 꽂아주었다

어디가 어떻게 불편한지

이마라도 짚어주며 묻고 싶지만

손끝만 베어도 온몸 다 아픈 것이기에

질문은 여기서 접는다만

고통은 나누어 가질 수도 없는 것

어떤 그리움 하나 어르고 달래어 가져다줄까

레몬을 줄까 청포도를 줄까

눈 감고 품에 꼬옥 안아본다

우리 언제 다시

찻집에서 우연히 k 시인을 만났다

무슨 일이죠 어디가 좀 아픈가요

안 보는 사이 우리가 할 일이란
늙는 일뿐
늙은이들 할 일이 어디 늙는 일뿐인 것 같지
폭삭 썩어 문드러져서
다시 싹을 틔우는 줄은 모르지

소나무 지지대 같은 알루미늄 목발이 기우뚱
한쪽 산이 무너질 듯하다

한참을 바라보시다가
잡은 손 놓으며 낭만적으로 웃으시는 k

동쪽을 등지고
서쪽으로 가는 길섶에서
몇 오라기 은발이 희망차다

무상사

엄사면 향적산길 129번지
파란 눈동자 스님 쌩긋 웃으시는데
어라 입꼬리가 섹시하다
어디든 발길 닿는 곳
그곳이 고향
그러므로 그대와 나는 동향
외국 스님들 많기로 유명한 여기 깊은 절간까지
조국을 버리고 왔을 때는
다 버리고 온 거지 그런 거지
취한 것이 없으니 버릴 것도 없겠지만
남자 같이 쉬운 것이 없지
알록달록 브런치 카페같이
서양스러운 담벼락 은밀하게 더듬어 보다가
인사도 없이 한쪽 마루에 걸터앉은 내게
누가 아메리카노나 한 잔 주면 좋겠다
스님의 신이나
나의 신이나
무상하기로야 매한가지
꽃피는 봄이 오면 미국단풍 한 그루 심어 드릴까요
그때까지 굿바이 스님

내 친구 이야기 1

　무지 어려웠을 때 오백만 원 부탁 들어준 친구 순옥아 올
해도 풍년이라며 보내온 감자 쪄 먹고 볶아 먹고 나누어 먹
고도 남아 하루하루 지날 때마다 감자에 싹이 나고 이파리
에 감자 감자 감자 춤추는 감자

　해외여행에서 돌아와 대전 땅에 발 닿으면 남편 냄새 난
다며 웃는 순옥아 웃을 때는 소리를 내는 거야 하하하 웃어
제끼고 이 풍진 세상 한구석에 잠시 몰아넣는 거야 그래도
너는 영감이 아직 살아 있잖니 있을 때 잘 해라 언제 밥 한
번 먹자

내 친구 이야기 2

내 친구 치매다 그렇지 않고서야 어찌 내과에 가서 이를 보여준단 말인가 치과에 가서 치마를 들어 올리는 것은 아닌지 몰라 본인 이야기 말고 다 하는 친구야 전화기 식탁에 던져놓고 밥 한 사발 다 비울 때까지 혼자 말하며 울고 웃는 친구야 그만하자 우리 검정 플레어스커트에 하얀 블라우스 교복이 그때 그러니까 꽃 같았잖니

누가 너를 아프게 한 거니 버려버려 개나 줘버려 색 바랜 망사 스타킹 들어 올리며 머리에 분홍으로 치장하는 친구야 사람들이 미쳤다고 하잖니 학교 운동장 한가운데 서서 손나팔로 연분홍 치마가 봄바람에 창가 부르는 여인 그런 여인 보시면 연락주세요 그녀가 바로 내 친구 시체놀이는 이제 그만 일어나 엉덩이 흔들어봐 눈을 떠봐 소리쳐봐

내 친구 이야기 3

종일 비가 내린다
우울한 사람들 병 도지는 날
열병에 걸린 듯 발광하는 날
비오는 날이면 못 견디는 친구야
받을 때까지 전화하는 친구야
오늘은 나 없다
끝끝내 받지 않는 나는 귀가 아프고
너는 약 먹을 시간을 깜박하고
내일 가야 할 병원에 오늘 다녀와서
나에게 할 말이 많은 거지 구구절절
전화벨은 계속 울리고
나는 성모송 외듯
불가근불가원불가근불가원
미칠 것 같아 그만해 제발이야
나도 견딜 수가 없어서 그래
전화벨은 계속 울리고
눈물 콧물 섞어가며
털실처럼 길게 늘어놓을 친구야
비는 내리고

2부

연락처 좀 주세요

　이놈의 술을 끊어야 한다 이유는 주사酒邪다 술 찰랑 가득
찰 때면 휴대폰 연락처를 손끝으로 넘기며 삭제를 하는 것
인데

　삭제에도 나름 철칙은 있어서 쓸데없이 비위를 건드리는
자 상습적으로 거짓말하고 이간질하는 자 약속 어기기를
밥 먹듯 하는 자 부모 형제 등지고 남의 부모 형제 모시는
자 혼자 밥 먹는 자 삭제 삭제 삭제 이제 몇 안 남았다

　아무리 그래도 술 없는 세상 빡빡하잖아 견딜 수 없잖아
딱딱한 책상머리 매콤한 담배 연기 지금이 어느 시댄데 담
배냐구요 니가 뭔데 임마! 꺼져 임마! 삭제하고 몇 안 남은
내 소중한 인연들이여 나와서 한잔합시다

내 사랑을 돌려주오

그런데 역전 전당포는 어디 갔지
전 재산이었던 노란 반지 눈물 훔치며 맡기던 날
하늘도 노랗던 그날

한참 만에 찾으러 갔더니
없어지고 없는 그 집

그대도 어지간히 급하긴 했나 본데
메모라도 한 장 남기고 갔어야죠

미안하지만 인연이 닿아
어디선가 만나게 되면
그때 돌려드리지요
편지라도 한 장 문틈에 끼워뒀어야죠

또 만날 날이야 있겠소만은
그건 내 사랑의 마지막 증표
깨진 거울 반쪽 같은 애정의 전부

사장님 어디 있어요
내 반지 돌려주오
돌아올 리 없는 사람 같은

딱지도 안 뗀 노란 반지

그래도

Take care of yourself

기웃

참을 수 없는 존재의 가려움
날개가 돋으려나
너는 행복을 견디지 못했고
나는 불행을 견디지 못했다
내가 더 어떡하길 바라나
그대 아직도 가난하신가
작심하면야 시골고라리 열은 한 큐에
자빠뜨려 뭉갤 수도 있을 테지만
밥이야 세끼 해결하면 되고
입성이야 한 벌이면 충분하다
더는 사치
이래도 어려운가
마주앉아 소금국을 마시며
한 날 한 시 사라질 꿈도 꾸었던 바
입씨름은 말고 밭다리라도 감아 넘어뜨려
내 너를 여기서 한 번은 이겨보리

작약

연분홍 작약 한 송이 온몸으로 쿵
흙바닥에 누워 있다
나이 애년에 백수를 다한 얼굴이라니
누가 그랬니
그동안 무슨 일이 있었던 거니

지구를 반으로 접어 내동댕이쳐주면
분이 풀리겠니
갈가리 찢긴 너의 이번 된 생을 바구니에 담아
화동의 손에 들려
찰진 꽃밭에 뿌려줄까

아직 귀가 남았다면 들어다오
나눌 이야기가 남았잖니
우리 오래 한 우리 속에 질기게 남아
피붙이들 멋대로 나갔다가 돌아왔을 때에도
두 마리 명랑한 애벌레

한평생 유리걸식으로 고단했을 테지만
얻어먹는 김에
새 옷 한 벌은 해 입고 가야지
재주도 좋아라 살아서 미라가 된 아우야

\>

그래 먼저 가서 엄마 아부지 만나거든
이 누나는 잘 있다고 말이라도 전해다오

미안하다 다신 만나지 말자
인사는 무슨 인사 잘 가라 작약

인사

이제 나는 어떡하니 어떡하면 좋니
누이가 돼서 아우를 먼저 보냈으니
이다음에 엄마 만나면 뭐라고 해야 하니

글쎄 엄마 내가 그런 게 아니라구요
나는 절대로 아무 짓도 하지 않았다구요
아무 짓도 하지 않은 죄가 네 죄인 것을 모르겠니
그 이쁜 눈과 귀와 코를 한 데 섞어 놓았잖니

하느님은 바쁘신 관계로 동생에게
엄마를 주셨고
엄마는 바쁘신 관계로 나를
동생에게 주셨으니
동생은 좋겠네

어머니는 삶은 미나리 주먹만 하게 뭉쳐 담은 광주리
어린이를 막 뗀 머리에
짚 또바리 얹고 이게 하시어
그 찬 새벽
오정동 집에서 삼성시장까지 앞장서게 하시었잖아요
지금도 미나리 보면 파랗게 소름이 돋잖아요

>
그래도 나는 천하에 몹쓸 년
한 달 열흘 이불을 덮고 울어도 싸지
쓸 데라고는 동생 돌보는 일이 그중 큰일이었거늘
먼저 가게 마냥 놔두었으니
용서 못할 년

늦기 전에

여름산은 거대한 브로컬리 밭

엎드려 뜯어먹고 싶어

천 개의 탱탱볼 튕겨 올리며

한꺼번에 입 터진 새 바람 물 푸른 풀들

개구리까지 단풍나무로 뛰어올라 누굴 부르는

여섯 시 이십 분

어딘가로 출발하기에 딱 좋은 시간

골목을 벗어나

길이야 가면서 만들면 되고

사람이야 다시 만나면 된다

늦기 전에

이장

　우리 가족 대전추모공원으로 이사 왔다 공원이라는 말은
누가 갖다 붙였을까 이제 아무 때나 와도 여기 다 있다 가까
워진 우리 가족 한지로 각각 곱게 쌌는데 들다가 아버지 가
루 주르르 흘렸잖아요 맙소사 아버지 미안 이거 봐요 하여
튼 아버지는 이렇다니까 돈을 줄줄 흘리고 다니시더니 그
버릇 아직도 못 버리셨군요 다른 사람들보다 죽어서도 가
벼운 우리 어머니 아이고 아이고 두 팔에 안으니 한 덩어리
식은 떡 같잖아요 이렇게 가벼워서야 원 어머니 제발 당당
하게 어깨 좀 펴봐요 어지러울까봐 살살 흙구덩이 안에 눕
혀드려요 큰오빠는 아직도 억울한지 말이 없다 오빠가 동
생 품에 안겨서야 되겠냐고 나는 묻고 오빠는 답이 없다 입
이 나와 있는 오빠 이제 화 풀지 그래 끝난 지가 언젠데 그
래 어떡하겠어 아무도 모른다잖아 본 사람이 없다잖아 그
러게 그날 거길 왜 갔어 그리고 우리 막내야 강아지풀 같이
마르고 귀엽던 제대로 장가도 못 간 막내야 그렇게 급했니
잘 좀 살지 내가 뭐랬니 자꾸 그러면 그렇게 된다고 했어 안
했어 등신 머저리 같은 놈 나만 남겨놓고 우리 가족 오늘부
로 산이 되었다

어떻게 한 사람만 사랑할 수 있어요

　엄마는 나를 사랑하지 않죠 엄마의 신전은 아들이죠 한쪽 신전이 무너지고 나머지 한쪽마저 무너질 때에도 엄마는 슬퍼하느라 나를 사랑하지 않죠 세상을 미워하고 집 나간 서방님을 미워하느라 나를 미워할 여력이 없죠 엄마의 애인 이름을 내가 말했을 때 엄마는 나를 때리죠 그때 엄마는 돌 것 같죠 그럴 수는 없으니까요 너무 미안해하는 엄마 볼이 빨갛게 타오르는 엄마 미안해하지 마요 어떻게 한 사람만 사랑할 수 있어요 그때 엄마마저 집을 나가지 않아서 감사해요 고아되면 어쩔 뻔했어요 나라 사정도 안 좋은데 우리 다섯이 손잡고 나라 밥 먹으면 되겠어요 체면이 있지 그거 지키다가 우리 엄마 인생 쫄딱 망했잖아요 그러니까요

꿈에

우리 한차희 여사
지금쯤 어디서 무엇을 하고 계신지
엊저녁 꿈에 엄마를 봤잖아요

우리 엄마 하얀 봉다리 들고
징검다리 건너가요
봉다리에 파 마늘 무 애기배추 한 단
우리 엄니 가족이 생긴 거 같아요
새 남편? 새 아이들?
저녁 식탁이 꽃밭이겠군요
그쪽 아이들 말은 잘 듣는 지요
남편은 뭐하는 사람

그렇게 웃는 얼굴 처음이잖아요
어쩌다 우린 모르는 사이
저만치 사라지는 얼굴

붐비는 거리

없는 사람이 보인다
설마 너냐
죽었던 네가 다시 무엇하러 왔냐

여기는 안 죽은 이들만 붐비는 거리
사도신경의 한 문장
모든 육신의 부활이 오늘 당장 이루어져서
뒤죽박죽 서로 찾고 난리통이라면 몰라도
나는 내 앞에서 네가 아무리 서성거려도
믿지 않겠다

너나 나나 끝이 났을 땐
후대의 어린 것들이 알아서 할 일이지만
어느 외지 검은 연기 피어오르는 화장장에서
시간 반 태워지고
남는 것이라 해봤자 기껏해야
사과상자 한 상자

한 사람의 생애가 지워지는 것은
떨어진 홍시처럼 피 터지는 일이거나
잃어버린 한쪽 구두같이
나머지 한 쪽도 버려지는 일

\>

하늘 번쩍 둘로 갈라져 편먹는 찰나
그 찰나의 한가운데 서서
중심을 다잡고
오래오래 기다리다가
그렇게 기다리다가 다시 또 기다려보는 것

자꾸 와서 달라붙는 것들아
부둥켜안고 어디 한 번 푸지게 놀아볼래
죽을 만큼 웃다가 확실하게 죽어볼래

단발머리

우리 아파트 뒷동 302동
자살 소동 두 번째다

봄꽃 흐드러질 무렵 첫 번째 시도하여
온 동네 시끄럽더니
다시 에어매트가 펼쳐졌다

이 푸르디 푸른 신새벽에
무슨 일이니 대체
소문에 단발머리 여학생이라고 하던데

아가야 무엇이 그토록 너를 아프게 하드나
아파서 견딜 수가 없드나

두려워
뭔가 퍽 소리 날까 두려워

떨어질 이유 손가락으로 꼽아보다가

울며불며 베란다 창을 열어젖혔을 그
울며불며 베란다 창을 닫아 재꼈을 그
현장

\>

불난 집보다 뜨거웠을 그 집에
꽃 한 접시 가져다주고 싶다

사람을 찾습니다.

그 여름 달구어진 아버지 풍선 팔다 말고 어디 갔을까
날아올라 하늘 명상에 들었을까
늦기 전에
저기 어디 거북이 등껍질 같은 노거수 가지 끝에 매달려
쪼글쪼글 말린 돼지 쓸개같이 쪼그라져
끝났다 한 번 크게 외치고 풍선 줄에 매달려
돌아가신 걸까

아버지들도 비밀이 있단다 얘야
네네 알았어요 어련하시겠어요

아버지 자꾸만 작아진다 점점 몸을 줄여
어느 틈에 다시
장롱에서 막 꺼낸 신사복같이 나프탈린 향기 날리며
풍선 팔러 가서서 돌아오지 않는 아버지

꿈자리

왜 자꾸 나타나는 거니 너는 이제 여기에 집이 없잖니 거봐 제발 독립하라고 했지 초록을 찾아봐 어디 어울릴 만한 푸른 영혼이 없는지 거기 날씨는 어때 여긴 지독하게 춥거나 더워

너는 점점 먼 나라 사람이 되어가고 별별 사람 다 가있는 별나라 사람이 되어가고 이 거리엔 왠지 나머지들만 남은 것 같아 해 넘어갈 때까지 혼자 나머지를 하던 날 노을은 무척 아름다웠잖아

어떡하니 방법이 없어 그날 정신이 났을 때 극장 문 열고 들어갈 때처럼 깜깜해져 있었을 텐데 잘 갔니 이제 너는 너의 신께 물어야 해 착하지 팝콘은 살 수 없겠지만 차츰 날이 밝아올 거야 거기도 사람 사는 덴데

그래도 너는 거기 도달했잖니 나는 여기 선 채로 다 잃었잖니 너를 잃었으니 전부를 잃은 것

초경하는 나무

뱅갈 고무나무 가지치기 해주는데
어라 핏빛이 돈다
문득 초경 날 아침 떠올라
주변이 환해진다

푸르기만 했던 유년 그때 그 순결
초로의 노인으로 오늘은 여기에 서서
내 너를 위해 무엇을 할까
향초에 불이라도 붙이랴

이제 너는 행동 조신하게 할 것이며
몸가짐은 바를 것이며
첫째 남자를 조심해야 하느니
둘째도? 셋째도?

빨간 토분 엉덩이 가만 쓰다듬다가
웃고 말았다

3부

장마

앞 뒤 문 활짝 열어놓고 집을 나왔는데
비가 내린다
세찬 비는 가난한 지붕 위로 나무 위로
낙서처럼 내리꽂을 터
꽃잎은 뿔뿔이 흩어져 날리고
그러거나 말거나
나는 이 와중에 세상이 아름답다
마른 국수 쏟아져 내리는 회색빛 하늘
저 언덕 아래
우리 동네 납작 찌그러져서
가벼운 집부터 떠내려가는 것은 아닌지
갈 테면 가라
집이 언제는 따뜻했다고
나와 놀면서 그래도 희망은 남아서
꽃등처럼 환하게 불 켜고 둥둥
세상 끝날 것 같아도
살아있으면 아침 눈 떠지는 법
언젠가 비 그치는 법
어느 낙관론자의 전투적 웃음소리

화끈하게 끝내주게

교만해질래 자신만만해져서
기고만장해져서 천하를 내려다볼래
눈은 독사 코는 코끼리 안하무인이 되어
이쁜 놈들 나쁜 놈들
모조리 후려 한데 부려놓고
얼차려 시킬래

그러니까 내가 종일 웃는 거 같지
웃는 게 웃는 게 아니야

맨드라미를 심으면 시들시들
선인장을 들이면 시름시름
풀이 죽었다
그래봤자 죽기밖에 더하겠냐만
아직은 활화산
빨갛게 넘치는 것이 있으니
불문곡직하고 다시 피어나고 싶은 거지

내가 나라서 참 다행이지만
가끔은 풍경소리 들으며 뻔뻔하게
후리하게 호래자식 감정으로
음탕하게 방탕한 느낌으로
아무렇게나 화끈하게 끝내주게

보름달

휘영청 보름달 오래 보니

저녁 미사에서 두 손 내밀어 모신

주님의 몸 같다

혀에서 눈처럼 녹아내리는

보름달이라니

입 안 가득 뜨끈하다

수작

수작은 월요일마다 가는 퀼트집이다
처음 들었을 때 킥킥대는 나에게
퀼트 선생은 웃기는 수작 아니고요
수작의 수는 손 수자에 지을 작으로
아 알죠 그럴 테죠 그런데 왜 웃음이 나는 거죠

시 읽다 말고 바느질을 한다
시 쓰다 말고 조각을 깁는다
어머니는 못 쓰는 헝겊쪼가리 붙여 밥보자기 만들었고
나는 새 헝겊 오려 가방 만든다
오늘도 가방 내일도 가방이란다
아 난 가방 싫은데
넣을 것이 없다구요
더 이상 갖고 싶은 것도 들고 나갈 데도 없다구요
대세는 미니멀 라이프
다 필요 없어서 버렸다구요
나도 때가 되면 버려지겠죠

나쁜 생각 하다가 바느질하면 찔려서 피 본다
좋은 생각 하다가 바느질하면 찔려서 피 본다
좋은 것과 나쁜 것은 같은 것인가

>
너의 심장과 나의 심장을 오려
갖다 붙이면 그림이 될까
만들라는 가방 안 만들고 수작을 부린다
수작 선생은 명장이다

저쯤은 되어야

티비에서 다섯 아이 엄마가 웃는다
아이 다섯의 아빠가 각각으로 다섯이란다
한 대 맞은 듯 몽롱하다
저쯤은 되어야 감히 사랑했다고
그때그때 충실했다고 말할 수 있지

저 젊은 엄마와
아이 다섯과
남편 다섯이
다 같이 소풍 가면 일처다부
거룩하여라 펄럭이는 치맛자락이여
울려라 둥둥둥 천둥같이 북을 때려라

갈기를 나부끼며 우뚝 선
저 여전사의 졸개가 되고 싶어
등채를 쥐고 맨 앞에 서고 싶어
상모를 돌리며 날장구를 치고 싶어

죽은 시인의 시를 읽기에 딱 좋은 날

비가 내리는 날은
하늘이 마음을 열어 보여주는 날
그런 날엔 죽은 시인의 시를
읽기에도 좋아서
분명 나는 불행한데 문득
행복한 사람인 양 즐거워져서
행복이 운명인 양 내 것처럼 느껴져서
꽉 붙잡고
이대로만 살고 싶어지는 것인데
오늘처럼만 즐거워라
더도 덜도 말고 오늘만 같아라
주문처럼 거듭 외고 싶어지는 것인데
문득
아버지는 술에 취해 밥상을 엎고
어머니는 콩나물 팔러 장에 가신 그 저녁
외롭다 말고 찬물로 입을 헹군다는
고전 같은 이야기
죽은 시인의 아버지들은 단체로 가난했고
그 어머니들은 단체로 더 가난했던
옛날이야기 같은 하루가
오늘만 같아서
마음 가득 슬퍼지기도 하는 것이다

내일 또 내일

현관문을 닫아걸고 겉옷부터 한 겹씩 벗어던진 허물이 한 짐이다 옷가지와 장신구와 브래지어를 벗고 부분가발을 벗고 헤어밴드를 벗고 다 벗으니 내가 없다

내일은 노란 상자 속에서 우울의 가면을 꺼내 쓸까 주름진 표정 감쪽같이 가려주는 알록달록 술이 달린 명랑의 가면이 좋을까 사람들은 내가 웃을 때가 낫다고 한다 그러므로 명랑의 가면이다 내친김에 뽕브라로 가슴을 높이고 여기다 빨강 하이힐이면 금상첨화

세상은 나에게 성녀가 되라하는데 나는 무엇이 되고 싶은가 내일은 나가서 어떤 패를 돌릴 것인가 그것이 문제로다

64

눈이 내린다
백석 풍으로 푹푹 내려 쌓인다
안 만나야 할 사람과의 약속이 코앞인데
아무래도 틀렸다

사랑해도 되는 사랑이면 누가 뭐라나
사랑이 그렇게 쉬우면 무슨 사랑

나는 어쩌다 금지된 것들만 선호하는가

내려라 푹푹 내려 쌓여라
앞이 안 보이도록
길 꽝꽝 얼어서 못 나가도록
나를 붙잡아 앉혀라

주섬주섬 가방을 챙기다가
주저앉고 말았지만
마음 허하니 교태만 남은 중늙은이
마음으로는 열흘 낮밤
몇이라도 안고 뒹굴 수 있을 것 같은
백수건달
갈수록 수미산이지만

마당을 쓸고 장작을 패고
다시 올 누군가를 위해 가로등을 켜두는
친절한 반백의 아가씨
인생 칠십 고래희는
호랑이 담배 피던 시절의 난센스다

나타샤를 사랑하던 그 마음같이
내려라 백석 풍으로 푹푹 내려쌓여라

두 사람

사랑을 가진 자가 다 가진 자다

너는 그렇게 말하고

어림없는 소리라고 나는 말한다

두 사람이 마주보고 있는 풍경이라고 해서

다 사랑이라 말할 수 없고

두 사람이 마주보고 있는 풍경이라고 해서

다 절망이라 할 수 있는가

사랑을 잃은 자만이 사랑을 말할 수 있다

너는 나 못 잊는다

호피무늬 거죽으로 조용히 살지만
내가 기린이다
서서 자고 서서 먹는 네 발 짐승

숨어 있는 너를 비겁한 너를
천 년이고 백 년이고 기다리고야 말겠다

너는 내가 우습지
아카시아 잎이나 세는 놈 같지

까불지 마라 너는 나 못 잊는다

내 속에 용 있다 사슴 있다 소 있다 말 있다
네가 무엇을 상상하든 그 이상
널 잡아올 수 있지만 기다리는 젠틀맨

나는 전생에 여우
너를 잡으러 거기서부터 여기까지 왔다

늙은이 나가신다

하루하루 구겨져간다
꼬깃꼬깃해져 간다

어떤 꽃이라도 피울 수 있는데
썰물 때라니

사실을 말할 것 같으면
헌 이 빼고 새 이 박았으니 쌘삥
관절은 철심으로 고정했으니 쌘삥
백 년을 써도 끄떡없다

씨 뿌리지 않아도 손등에 꽃피는 것 보아
다니는 이 없어도 이마에 길 나는 것 보아

비켜라 늙은이 나가신다

구두야 가자

생일 축하해 선물이야 눌러 적은 포스트잇 어제 산 구두 상자에 붙여 나에게 준다 애인들은 구두를 안 사 준다 구두 신고 떠나갈지 모른다며 안 사준 구두 내가 사서 신고 날마다 떠난다 랄랄라 잘 있어라 애인들이여

사랑을 말하기에 한 번의 생으로는 부족하다 애인들은 하나같이 가난해서 빌어라도 먹으려고 집을 나온다 밖은 따뜻하고 바람은 뜨거워서 나는 살살 녹아내리고 애인들은 게으른 태평소를 부른다 더는 참을 수 없다 이제는 우리가 헤어져야 할 시간 여름 해는 길고 겨울에 만나자 짧을수록 짜릿한 사랑 더 늦기 전에 만나고 헤어지자

애인들은 겨울처럼 느리게 지나간다 누더기를 쓰고 역전 광장에서 아침을 쓸어담는 애인이여 그러다 큰일 나면 어쩔 건데 무연고자로 던져지면 어쩔 건데 마지막 떨어져 내릴 때 가지런히 벗어두고 갈 구두야 더 가보자 하나 둘 셋 사랑 깊을수록 더 가난했던 애인이여 잘 있어라 오늘밤도 별 헬 일은 없고 그대들의 비밀인 나는 여전히 무탈하며 넘치도록 명랑하다

4부

달 달 무슨 달

엄지손톱에서 날마다 초승달이 자란다 초승달 튀어나가 한쪽 끝으로 밤을 찌르면 쨍그랑 아침을 연다 일어나거라 밥 먹고 학교 가야지 엄마 학교는 왜 가야 하나요 나는 학교를 끊겠어요 유년의 아침은 밝고 밥은 밤처럼 검어서 나는 어두운 밤을 먹고 학교에 가지 학교는 졸음 쉼터 이불같이 아늑해서 낮에도 달이 뜨는 깊은 한낮

수상한 밤

잠결에 문득 방안 가득 암흑이었다

죽은 줄 알았다

머리 없는 나무토막

여기가 바로 거기

청룡열차에서 막 내려 어지러울 때

잡을 기둥 없는 허공

죽을 때가 가까웠나

연습은 필요없는데

달은 나를 모르고

나만 아는 저 달

춤추는 하이웨이

빨강 하이힐 타고 라라라 하늘을 난다
고단한 인생 어지러운 비행

밤눈 어두운 겔라다 개코원숭이야
너는 말고
하나같이 귀여운 수컷들 다 나와 봐
하이힐은 흡혈박쥐가 아니야
아픔도 모르고 죽어가는 것들에게
자비를 보이지 않는 냉혈한
적어도 그런 종자는 아니니까

가슴에 먹이를 달고
그 와중에 아홉 달 알을 품어 자자손손
인간을 만들어 세상에 내어놓는
신의 딸들

아버지시여 그러므로 당신은 멋쟁이
여자는 춤추는 아라비안나이트

청보리 밭 메러 간다

전신마취를 하고
종일 청보리 밭 메는 노인이 있다

어떤 이는
밀레의 이삭 줍는 여인 중 한 명이라며
또 어떤 이는 율곡의 어머니가 맞다며
손나팔을 분다

봄밭에선 가나다라 자음과 모음이
연록의 보리 이파리 끝을 세워
밭고랑에 제 이름을 적어 보이고
어느 날엔 허공에 나라 이름을 새겨 넣으니
순식간에 부풀어 오르는 빵처럼
밭 가득 넘쳐나는 푸른 바다의 찬란한 파고를
차마 눈뜨고 볼 수가 없다

저것은 대체 무엇인가
언젠가 보았던 cg의 한 장면인가

아주 잠깐 죽었다가 살아났을 뿐인데

붉은 노을

요즘 흰머리가 대세
나도 그만 자진해서 오구년 돼지띠임을 밝힐까
언뜻 보면 금발의 미녀지만
거울 두 개로 속까지 비춰보니 가관이다
먼저 백발이 된 친구는
한 일 년 감옥이다 여기고 근신하면
별 것도 아니란다
하지만 나는 지은 죄도 없이
제 발로 들어가 하는 옥살이는 가혹하다며
우는 시늉을 한다
하던 기도도 때려치우고 싶은 마당에
춘향이 옥살이할 때 쓰고 앉았던
칼 찰 일도 없을 뿐더러
모두를 속이고 드레스 자락 질질 끌며
입 꾹 다물고 버진로드 행진할 일도 없겠지만은
또 누가 아는가 인생 모르는 거니까
귀밑머리부터 하얗게 얼굴부터 바꾸는
이래봬도 마음만은 다시 순결한
처녀

배꼽살 한 점 다오

시청 앞 착한 참치집은 늘 붐빈다

참치가 착해봤자 참치지만
오늘은 느닷없이 귀에 대고 이름을 돌려달란다
잃어버린 삼십 년도 아니고 대체 무슨 이름
다른 게 아니라 자긴 원래 다랑어란다

오래전 수산시장에
높으신 어른께서 방문 차 왔다가 이름을 묻는데
그보다 낮은 분이 이름을 몰라 참, 하더니
냅다 참치요, 하는 바람에 그리 되었단다
사연이 사연인지라 하도 기가 막혀
나도 참, 했다

그래 다랑어야 다랑어야 이리 오너라
그것도 참다랑어야
이제 되었느냐 네 배꼽살이나 한 점 다오
없는 수염 매만지며
너의 고향 부모님은 어떠시냐 안부라도 물으려다
식상하달까 싶어 관두고 돌아나오는데
까칠하게 꼬나본다

뭘 봐

삼포로 가자

술꾼 도시 여자들이었나
도시 여자들이 술꾼이었나
티빙에서 보았다 술을 부르는 드라마

술 권하는 사회를 여자들이 접수하였도다
술 못하는 양반 뭐 못하는 양반들은 빠지시고
도시와 술은 이제 여자들에게 맡기시라

타조도 화가 나면
긴 다리로 사자를 죽일 수 있다
고단한 하루 마치고 술시가 되었으니
업은 아이들 재워놓고
은행동 으능정이 작은 술집 삼포로 간다
다 마시고 죽으러 간다

막걸리 한 잔

그런데 그 많던 할아버지들은 다
어디로 가신 거죠
땅 일구는 일밖에 모르시던 우리 할아버지는
1898 무술년 칠월 생
살아계셨다면 백이십 다섯
할아버지는 나를 보면 알아보실까요
그 뜨겁던 한낮
새참 심부름으로 막걸리 한 주전자 들고
손채양에 보리피리 불며 너울너울
논두렁 가로질러 밭두렁에 잠시 멈추면
목덜미로 흐르는 땀방울
막걸리 한 모금에
빨갛게 담아주신 제육볶음 한 점
몰래 집어 먹은 거 당신은 아시는지요
공짜가 어딨어요 할아버지
그건 심부름 값
헛기침 한 번 냅다 질러 보시든지요

근황

나비 한 마리 배롱나무 맨다리에
배롱나무 바보라고 쓴다
배롱나무 몸 비틀며 간지럽다고 웃는다

배롱나무의 웃음은 슬픔

나비는 말을 안 한다
나비는 욕을 모른다

나비만 아는 배롱나무의 언어

나비야 나비야 내친김에
곁눈 짓 그만하고
어떻게 지내는지 사연이나 길게 적어봐

배롱나무 간지러워 미쳐서 돌아가시게

우수

이제 죄 지을 일은 없겠다
누군가와 불 속으로 뛰어들 일도

사랑도 옛말
한때 너를 얻었고 놓아주었으니 되었다

매달리면 매달릴수록 멀어지는 사이처럼
술래는 나를 찾지 않으려는지
집으로 들어가버렸다

심심파적으로
유객구슬 손에 쥐어주고 붙잡을 것을 그랬나

아, 나 혼자 무엇을 하고 노나
너 하나 가지고 싶었을 뿐이었는데

봄물이 청수다

정식이 오빠는 좋겠네

왼쪽 가슴에 나쁜 것이 보인단다 누르고 펼치고 떨어뜨려
별별 검사 마치고 돌아와 그 뽀얀 물건에 잽이라도 몇 방 날
리려다 두 손으로 감싸 쥐고 울었다

모유 수유도 끝나고 내 몸 다녀갈 이도 없지만

양배추나 씹고 땀이 날 정도로 뛰어주며 긍정적 사고가
남은 일이란다 지금까지 뛰어다닌 것으로는 부족하시다는
말씀? 긍정적 사고? 얼마나 더

문인수 시인의 시 한 구절이 떠오른다
@#^$^%~~정식이 오빠는 좋겠네 죽어서….

타목시펜

얼마 안 남았는데
타목시펜 오년 복용하면 유방에 대한 염려는 끝이라고 했
는데
그때까지 술도 담배도 과한 음식도 절제하라 했는데

과음하고 싶다 애연하고 싶다 과하게 심하게
몸서리쳐지게 찬 카스로 원샷을 하고 하늘 향해 도너츠를
날리고 싶다

유방이 아픈 것은 유방을 다녀간 이들이 책임져야한다 그
러므로 나는 무죄
라고 소리 지르고 싶은데 말도 안 되는 게 맞고

나는 루 살로메가 아니어서 카미유 끌로델이 아니어서 희
생은 없다 그러므로 아픈 것이 마땅하다 소리 지르고 싶은
데 맞는 말이고

가슴에 칼을 맞았으니 온몸으로 칼 맞은 것
발작적으로 과음하고 싶다 과하게 애연하고 싶다

소풍

여기는 고향 없는 사람들이 찾아드는
안개의 마을 계룡

부려놓은 짐 적으니 마무리도 어렵지는 않겠지만
들고 온 가방 너무 적었나 먹을 것이 없다

두 번 말해야 듣는 아이들처럼 종일 노는
농소천의 조무래기 갈색 물오리 떼
주둥이부터 몸뚱이 반을 물속에 처박고
빨간 맨다리 들어올리는 아크로바틱 솜씨가
환장하게 일품이다
한 주먹거리도 안 되는 목숨
저러다 잘하면 숨 막히고 말지

아픈 여인의 미소 같은 낮달
오래 보고 있어도 떠오르는 얼굴이 없다
이제 되었다

창밖은 한 폭의 그림이고
나는 점점 까칠해지고
친구도 없고
꿈도 희망도 다 언제 적 얘기인지

더 쓸쓸하고 끝까지 쓸쓸해져서 미쳐버려서
미친 북이 되어 사무치게 발작적으로 서러워지면?

그땐 그때 가서 생각하기로

헤어진 애인아 너는 너를 잘 안다면서
여든여덟에 갈 거라고 했지
좋다 어디 한번 해보자
나는 너 가는 거 보고 여든아홉에 간다
그때까지 다시
산뜻하게 명랑하게 북 치는 단미

5부

흔들어다오

건너편 아파트 외벽의 펄럭이는 태극기
이사 온 날부터 걸려 있다
파랑 빨강 반반으로 더 흔들리는 날엔
나도 따라 지치지 않을 만큼 흔들리다가
불현듯 경례라도 한바탕 올려부치고 싶은 날엔
뜻 모를 애국심에 웃음이 큭
국가를 위해 무엇을 하였는가
외출하여 처음 보는 이에게
아자아자 파이팅이라도 한 방 날려주면
미쳤네 할 것이고
쓸 마당도 없고
나라를 위해 빌 염치도 없으니
태극기여 바라건데 힘차게 흔들어다오
심장이 터지도록

당신의 포지션

내 방 책장 맨 위층은 최상급 시인의 자리
거긴 공기도 달라서
지존만이 오를 수 있는 봉머리다

찬물에 눈을 씻고
제일로 꼽는 시인의 순서로
홍동백서 진설하듯 시집을 모신다
문시인 김시인 이시인 김시인 박시인 허시인
그들의 포지션은 계절별로 바뀌는데
오늘이 그날

반절로 합장하고
죄송합니다 자리 좀 바꾸겠습니다
축하드립니다 한 칸 오르시겠습니다, 고하면
머리를 긁적이며 제각각 나앉으신다
그중 보스는 누구니 누구니 해도 문시인
가고 없어도 내 마음속의 영원한 캡틴
어차피 좋은 시 쓰지 못할 바에야
좋은 시 찾아 읽는 것으로
밥값을 대신하기로 했다

한 폭의 가로 족자처럼

노을 색으로 번져가는 책등의 풍경

저 아우라

그때가 좋았다

오래된 사진첩을 정리하다가
발등을 찍는 사진 한 장

제주도 어느 식물원 호랑이 석등에
둘이 타고 앉아 영화를 찍고 있다

손가락 만하게 돌돌 말려있는 후지필름
남은 페이지 가늠하며 한 컷 한 컷 박았을 그날
그래 그때는 좋았지
그대나 나나 눈이 멀어서

앞자리에서 고삐를 쥔 긴 머리의 젊은 여자
그 뒤에서 양손으로 여자의 허리 움켜잡고 있는
조금 늙은 남자

보아라 세상에서 가장 행복한 남편네의 미소가 저것이다
참 늠름하기도 하지

아이고 어쩔, 우리 집 그대로 보여주는 사진이네
즈 애비 꼭 닮은 딸애가 큰 눈으로 힐긋 본다

남의 아들 거두는 데 인생 반을 썼다

매듭

밤바다는 공연히 슬프다

제주도 서해안로 502 어영마을 펜션 매듭
주인장은 두 개의 매듭 선물로 두고 가며
손목에 서로 묶으며 기도하면
이루어질 거라는 메모를 남겼다

아직도 기도에 힘이 있다고 믿는 이가 있다니

울퉁불퉁 바다에 발을 담근 현무암은
제각각 검어서 아리고
고깃배는 가다 서서 뒤를 돌아본다
떠날 때는 말없이
들어보지도 못 했나 이 사람아
가던 길 가시게나

배 지나간 자리나 오래 바라보다가
매듭을 묶는다

달빛 신혼

욕을 하고 싶어서 몸살을 앓던
머리끝까지 화가 치밀어 오르던
그날이 언제였더라
한 달 번 돈 다 술 먹고 들어온 그 인간
때려죽이고 싶은 마음에
에라 살림이나 작살을 내버리자 둘러보다가
소주잔 고거 하나 만만하여
주머니에 넣고 집을 나왔던가

이걸 담벼락에 집어던져 박살을 내면
분이 풀릴까
이제 와서 말이지만
같지도 않은 살림 그걸 살림이라 차려놓고
내 전부를 건 것도 사실 아니지만
한 번은 기깔나게 살아보고 싶었다
보아라 이것이 신혼이다
금세 꿈은 사라졌다
다시 시집가면 이렇게는 안 살아야지
암암

달빛 무겁게 내려앉은 그 저녁
여기저기 기웃대다가 도로 들어갔다

바늘꽃

다가오지 마
바늘을 물고 있잖아
내려놔라 다친다

머리만 있고 가슴이 없는 친구야
네가 던져버린 바늘을 찾기 위해
밤새 손바닥으로 바닥을 쓸던 이가 있었잖니
전신으로 바늘을 찾던 이에게
이제 와서 두 팔을 떼 바친다 해도
너는 짐새
독을 품은 뱀

분홍 너울을 덮었으니 누가 알겠냐고

온몸 짓찧어져 어느 아픈 이의 환부에 얹혔다가
다시 살아나는 것
그것이 너에게 주는 보속이니라, 라는
소리가 들려

포옹의 천년

일천오백 년은 되었음직하다는
꽉 껴안고 누워 있는 무덤 속 두 남녀

햇살 한꺼번에 직선으로 내리쬐어도
나는 그들을 불륜으로 본다

죽은 남자 옆에 가지런히 누워
오래도록 감은 눈 속을 가늠하는 일

약지에 가락지도 그대로 있더라는
무색의 흙 이불 끌어다 덮고 울었을 저 여인

나는 그들을 집착으로 본다

야 놀자

막무가내로 웃고 떠들지 마 무섭잖아
그렇게 서 있지 마 멋지잖아
제발이야 빠질 거 같아
그러니까 내가 섭섭하잖아
더 늦기 전에
밥 한 번 먹자 뜨끈하게 국물 있는 밥
몸에 좋은 것만 먹을 수는 없잖아
입에서 연기도 피워 올리는데 까짓 거
입술에 거품도 묻히고 사는데 뭘
그렇다고 다 아픈 것도 아니잖아
인생 별 거 있냐
뭐 하나 나와

십만 원짜리 사주

명리학의 대가라는 김선생
내 사주 풀어보더니
백두 살까지는 봐요, 한다
이러거나 저러거나 백수 하겠다는 말이렷다
앗싸 할 줄 알았는지 빤히 본다
아뿔싸 나도 나름 정해놓은 때가 있는디요
맥시멈 팔십 거기까집니다요

김선생 다시 이르기를
돌아오는 해 그러니까 이십사 년에
마지막 귀인 나타나니 피하지 마시고
어우렁 더우렁 잘 지내시오, 한다
앗싸 할 줄 알았는지 빤히 보는데
여보시오 총량법칙이라고 몰르요
사내놈들 다 그놈이 그놈
젊었을 때 다 써부럿당께요

전생에 남자였다면서
어쩌다 치마를 입었냐는 듯
혀를 끌끌 차는 김선생
쓸데없이 십만 원만 날렸다

화양연화

가루눈 거꾸로 휘몰아치던 그 저녁
한쪽 눈썹 떨어진 눈사람이 허물어져가고 있는데
나는 집에 들어가지 않았다

그때 아껴두었던 우리 입맞춤
어서 말을 해 화장 지워지기 전에

사철 꽃은 피니까
겨울에도 오이는 쑥쑥 자라나니까

노는 아이들 틈에 더 노는 아이들의 웃음소리

다 산 것 같지만 아직 멀었을 텐데
녹아버리기 전에 집으로 들어가야 할 텐데

없었던 것으로 하고 싶은 때는
이미 늦은 때
오래된 갈참나무 귀에 너의 이름을 묻고
두 손 모아 진흙으로 봉한
그 시절

백중

누군가 내다버린 고서 한 뭉치

안아 들고 집으로 오는 길

세상 흐린 오늘이 백중날이다

오래된 가족 앨범처럼

페이지마다 살아있어 배는 불룩하고

크라프트지로 다시 싼 표지에서는

갈색 곰방 내음

고려장하듯 버려졌을

그 밤

아침이면 저 남자의 구두를 닦고

귀와 입이 먼 주인공의
사랑한다고 말해줘, 라는 드라마를 보다가
저 남자와 사랑하는 상상을 하네
저 남자와 결혼을 하면
나는 심심하고 답답해서 얼마 못 가 죽을 거야
죽어도 여러 번으로 나누어 죽을지도
아니면 급한 성미와 못된 버르장머리가
저 남자를 돌게 만들어
어느날 귀와 입 활연 트이게 할지도 모른다는
희망 없는 소망
그렇다면 피아간의 지난 일에 대해서는
입 닫기로 하고
청단 홍단 치마저고리
알록달록 새댁이 되는 거다
납작 엎드려 아침이면 저 남자의 구두를 닦고
어린 요크셔테리어에게 말을 걸고
저녁이면 간택되기를 기다렸다가
최대한 입술을 오므려 앵두가 되는 거다
까칠해도 좋아 말수 없고 웃음기 없는
사랑밖에 몰라서
명령에는 불복종하는 그런
지루하지만 아주 못되고 사나운
저 남자 같은

나 당신 별로예요

갑사 가는 길
길가 돌무더기 한 가운데
부처님 한 분
언제 봤다고 눈을 맞춘다
나 당신 별로예요
옷깃을 여미며 하얗게 눈을 흘기다가
합장할 뻔한 두 손 주머니에 담고
돌아서 가다
쿵 돌부리에 걸려 넘어졌다
헛것을 보았나
코가 깨지고 나서야
관세음보살
눈 깜박할 사이 나타났다 사라지는
저녁 만다라
노을인지 누군가 그리다 만 추상화인지
다시 오신 부처님이신지

오전 아홉 시

좀머씨 오늘도 오전 아홉 시에
자기 몸만 한 개와 산책 나간다
소문에 늙고 아픈 개라고 하는데
개라는 것이
겉보기로는 어린 건지 늙은 건지
알 수가 없어서

오늘은 비도 내리는데 좀 쉬지 않고
세트로 노랑 우비가 그림 같다
그 둘은 멀리서 보면 부자지간
말은 없지만 그 사이로 바다가 흐르는
혈연
어쩌면 몇 백 년 전에는
개가 좀머씨였고
좀머씨가 개였을지도

한 십년 넘게 상전처럼 굴던
우리집 개 생각하다가
식탁에 떨어뜨린
바닐라 아이스크림 한 숟가락
본능적으로 혀 길게 내밀어 핥아 먹는다
앗, 나도 전생에 개?

애도의 시간은 끝났습니다

속이 다 보이는 물 컵에서
그것도 집이라고 뿌리를 내리는 양파
감자 고구마

갱물 마시듯
어머니 찬물에 밥 마는 식탁같이
가난한 햇살 한 줄기

어린것들이
무슨 죄가 있습니까

빈 컵이 될 때까지 한 컵의 물은
슬로우비디오

검은 베일은 고이 벗어두겠습니다

붉은 대지로 자리를 옮겨
세상을 흔들어보겠습니다
흔들리나
안 흔들리나

이제 애도의 시간은 끝났습니다
다시 시작입니다

지옥은 새 옷 입고 처음처럼 가는 길

— 송영숙 시인의 시세계

반경환 문학평론가

지옥은 새 옷 입고 처음처럼 가는 길
— 송영숙 시인의 시세계

반경환 문학평론가

1.

　송영숙 시인은 대전에서 태어났고, 1993년『시문학』으로 등단했다. 시집으로는『할미꽃과 중절모』,『벙어리매미』,『선미야 어디 가니』,『하마터면 사랑할 뻔했다』가 있고, 현재 충남 계룡산 자락에서 "내 방 책장 맨 위층은 최상급 시인의 자리/ 거긴 공기도 달라서/ 지존만이 오를 수 있는 봉머리다"(「당신의 포지션」)라는 시구에서처럼 최고의 시인이 되기 위해서 그의 무한한 시적 열정을 불태우고 있다고 할 수가 있다. 송영숙 시인의 다섯 번째 시집인『남자들이여 출산하라』는 '사랑의 시학'의 소산이며, 이루어질 수 없는 사랑과 이루어질 수 있는 사랑의 변증법을 통하여, '순수미의 극치'를 이루고 있다고 할 수가 있다.

　　제주도 세화우체국에서
　　너에게 편지를 써

사랑이라고 두 글자만 써서

발신인 주소 없이 빠른우편으로 보냈어

너는 뛸 듯이 기뻐하겠지

첫사랑이 찾아왔다며

미안하지만 나야

화풀이는 바다에게

거리마다 수국이 불두화가 지천이야

갑자기 부처님께 너의 안부를 물었지 뭐야

부처님 느닷없어 하시겠지만

화풀이는 바다에게

　　　　　　—「근질」 전문

　근질筋質이란 무엇인가? 근질이란 근섬유 내의 근원섬유根源纖維 사이를 메우고 있는 세포질을 말하지만, 그러나 송영숙 시인의 「근질」은 '근질거리다'의 동사에 가까운 명사라고 생각된다. '근질거리다'는 어떤 벌레에 물리거나 이물질이 닿을 때마다 '가렵다'는 것을 말하고 따라서 그 불유쾌한 자극을 참을 수가 없다는 것을 뜻한다. 송영숙 시인의 「근질」은 사랑이 그 주제이긴 하지만, 고귀하고 순결한 사랑이 아닌 이루어질 수 없는 사랑 즉, '배반 당한 애정'을 표현한 시라고 할 수가 있다. 고귀하고 순결한 사랑이 배반을 당하고 이 '배반 당한 애정'은 그의 의식과 무의식을 참을 수 없는 가려움증처럼 자극한다. 가려움증은 불유쾌함이고 불유쾌함은 반드시 그 대상을 찾아서 복수를 하게 되는 것이다. "제주도 세화우체국에서""사랑"이란 "두 글자만 써서""발신인 주소도 없이 빠른우편으로" 너에게 보냈다는 것이 그것을 말해주고, "너는 뛸 듯이 기뻐하겠지/ 첫사랑이 찾아왔다며"라는 시구가 그것을 말해준다. 시적 화자에게 사랑은 가려움증이며 불유쾌함이지만 그 대상인 너에게는 언제 어느 때나 첫사랑이고 삶의 황홀함이다. 따라서 시적 화자인 '나'는 자기 자신의 정체를 숨기고 익명으로 가짜 연서를 쓰는 것이고 이것이 '배반 당한 애정', 즉, 무서운 복수심의 표현이 되고 있는 것이다. 요컨대 그가 이 사실을 깨달았을 때는 미안하지만 나에게 원망을 하지 말고 바다에게 화풀이를 하라는 것이다.

첫사랑이 아닌 선남선녀가 만나 사랑을 했지만 어쩔 수 없이 헤어졌고 그 상처는 남아 이처럼 「근질」이란 가짜 연서를 쓰게 만들었던 것이다. 일종의 투사投射이자 반동형성反動形成이지만 고귀하고 순결한 사랑이 더럽고 비천한 사랑으로 변모하는 것은 단 한 순간이고 이처럼 악연으로 이어진 원인은 '첫사랑'을 잊지 못하는 '너'에게 있다는 것이 시적 화자의 원망이기도 한 것이다. 거리마다 수국과 불두화가 지천인 것을 보고 부처님의 마음으로 다 용서를 하고 싶었지만, 그러나 나는 부처가 아니니 "화풀이는 바다에게" 하라는 것이다.

이루어질 수 없는 사랑은 가려움증이고 불유쾌함이며 일종의 투사이자 반동형성으로 무서운 복수심을 낳게 만든다. 모든 것은 '네 탓이고 내 탓은 없다'는 자기 방어적인 선민의식은 「너는 나 못 잊는다」, 「잘 가라 치사한 새끼」, 「단발머리」, 「연락처 좀 주세요」 등을 통해서 그야말로 너무나도 적나라하고 노골적으로 분출된다.

호피무늬 거죽으로 조용히 살지만
내가 기린이다
서서 자고 서서 먹는 네 발 짐승

숨어 있는 너를 비겁한 너를
천년이고 백년이고 기다리고야 말겠다

너는 내가 우습지
아카시아 잎이나 세는 놈 같지

까불지 마라 너는 나 못 잊는다

내 속에 용 있다 사슴 있다 소 있다 말 있다
네가 무엇을 상상하든 그 이상
널 잡아올 수 있지만 기다리는 젠틀맨

나는 전생에 여우
너를 잡으러 거기서부터 여기까지 왔다
　　―「너는 나 못 잊는다」 전문

　호피무늬 거죽으로 조용히 살지만 서서 자고 서서 먹는
기린, 숨어 있는 너를 비겁한 너를 천년이고 백년이고 기다
리고야 말겠다는 기린, "너는 내가 우습지/ 아카시아 잎이
나 세는 놈" 같지만 "까불지 마라 너는 나 못 잊는다"는 기
린, "내 속에 용 있고, 사슴 있고, 소 있고, 말 있다는 기린,
"네가 무엇을 상상하든 그 이상/ 널 잡아올 수 있지만" 기

다리겠는 기린, "나는 전생에 여우/ 너를 잡으러 거기서부터 여기까지 왔다"는 기린은 무서운 복수심의 화신이며 그에게는 자비와 용서와 관용의 미덕이 조금도 없는 것 같다. "숨어 있는" "비겁한 너"는 도대체 누구란 말인가? 송영숙 시인의 「근질」이 그래도 비교적 유머러스하고 낭만적인 복수심의 산물이라면 여우에서 기린으로 생물학적인 변신을 꾀하고 천년이고 백년이고 너를 꼭 붙잡고야 말겠다는 무서운 복수심은 그야말로 최후의 막장극을 보는 듯 하다고 하지 않을 수가 없다. 아마도 그는 시적 화자의 정신과 육체를 유린하고 떠난 자일 수도 있지만 그러나 분노하는 자는 눈이 멀고 치명적인 맹목과 광기에 사로잡히게 된다. '비겁한 놈', '나를 우습게 보는 놈', '까불지 마라' 등의 막말을 동원한 「너는 나 못 잊는다」의 분노는,

뜻을 이룬 자는 떠난다 하셨지요
옳습니다 지당하신 말씀
쟁여놓은 슬픔 넘쳐흐르던 하필 그날이었죠
얻어먹은 밥이 모래알이더군요

당신은 무릇 반가半跏로 사유思惟하고 있었으나
속을 알 수 없었고

치사한 새끼 넌 아웃이야 말로는 못하고

사과는 우리 오래 사랑한 값으로 여기시라
저는 그걸 말이라고 뱉어놓기는 했지만

못 먹는 것 말고 다 먹던 시절은 갔습니다

안녕 땡큐 쏘 머치

라는 「잘 가라 치사한 새끼」에게서도 더욱더 노골적으로 적
나라게 표출되고 있다. 분노는 이성이 아닌 흥분의 산물이
고 타자의 주체성과 그의 자유 의사를 짓밟고 그리고 끝끝
내는 그를 욕하면서 그와 똑같이 닮아간다. 자비와 용서와
관용의 미덕이 없어지고 모든 것을 그의 탓으로 돌리는 책
임전가와 함께 아주 편협하고 극심한 도덕성의 마비증세를
겪게 된다. '너 자신을 알라'라는 소크라테스의 철학적 명제
는 자기 반성과 자기 비판으로 이어지지 않고 오직 그를 붙
잡아 그야말로 무서운 복수를 하고 말겠다는 신념과 이성
의 광기에 사로잡히게 된다. "내 속에 용 있다 사슴 있다 소
있다 말 있다"라는 시구도 이성의 광기의 산물이고 "나는
전생에 여우/ 너를 잡으러 거기서부터 여기까지 왔다"라는
시구도 이성의 광기의 산물이다. '나는 전지전능한 신이고
그 모든 것을 다 알고 있다'라는 식의 이성의 광기는 분노의
산물이지만 그의 분노는

우리 아파트 뒷동 302동
자살 소동 두 번째다

봄꽃 흐드러질 무렵 첫 번째 시도하여
온 동네 시끄럽더니
다시 에어매트가 펼쳐졌다

이 푸르디 푸른 신새벽에

무슨 일이니 대체

소문에 단발머리 여학생이라고 하던데

라는 「단발머리」의 주인공처럼 자살 소동을 일으키거나, 또는

이놈의 술을 끊어야 한다 이유는 주사酒邪다 술 찰랑 가득 찰 때면 휴대폰 연락처를 손끝으로 넘기며 삭제를 하는 것인데

삭제에도 나름 철칙은 있어서 쓸데없이 비위를 건드리는 자 상습적으로 거짓말하고 이간질하는 자 약속 어기기를 밥 먹듯 하는 자 부모 형제 등지고 남의 부모 형제 모시는 자 혼자 밥 먹는 자 삭제 삭제 삭제 이제 몇 안 남았다

아무리 그래도 술 없는 세상 빡빡하잖아 견딜 수 없잖아 딱딱한 책상머리 매콤한 담배 연기 지금이 어느 시댄데 담배냐구요 니가 뭔데 임마! 꺼져 임마! 삭제하고 몇 안 남은 내 소중한 인연들이여 나와서 한 잔 합시다

라는 「연락처 좀 주세요」에서처럼, "쓸데없이 비위를 건드리는 자, 상습적으로 거짓말하고 이간질하는 자, 약속 어기기를 밥 먹듯 하는 자, 부모 형제 등지고 남의 부모 형제 모시는 자, 혼자 밥 먹는 자" 등을 무차별적으로 삭제를 하고

살생부를 저어보지만 그러나 그는 그 무서운 복수심을 실현시키지 못하고 자기 자신을 먼저 파멸(자살 소동)시키거나 백기투항을 하고 이룰 수 있는 사랑 즉, "몇 안 남은 내 소중한 인연들"을 찾아 나선다.

분노는 아주 뛰어나고 분노는 아주 힘이 세다. 분노는 키가 크고 분노는 눈이 밝다. 분노는 보이지 않는 곳을 다 보며, 여우의 간계를 다 갖고 있다. 이것이 '여우 콤플렉스'이고 이것이 이 세상에서 키가 제일 작은 여우가 이 세상에서 제일 키가 큰 '기린'이 되고 있는 이유이기도 한 것이다. 더없이 거룩하고 순수한 사랑을 잃으면 우리는 모두가 다 같이 미치광이가 되고 그 무서운 복수심을 구체화시키고자 하지만 그러나 그에게 수많은 상처와 원한을 남기고 떠난 자보다도 자기 자신이 더 먼저 파멸하는 비극을 맛보게 된다.

무서운 복수심은 배반 당한 애정의 산물이지만 이 무서운 복수심은 새로운 사랑에 의해서만 치유된다고 할 수가 있다. '이룰 수 없는 사랑'이 '이룰 수 있는 사랑'을 찾아 나서고 '이룰 수 있는 사랑'이 '이룰 수 없는 사랑'으로 변모되는 '사랑'—, 이 '정반합의 변증법' 속에 모든 '사랑의 시학'이 자리를 잡고 있는 것이다.

2.

　나비 한 마리 배롱나무 맨다리에

　배롱나무 바보라고 쓴다

　배롱나무 몸 비틀며 간지럽다고 웃는다

배롱나무의 웃음은 슬픔

나비는 말을 안 한다
나비는 욕을 모른다

나비만 아는 배롱나무의 언어

나비야 나비야 내친김에
곁눈 짓 그만하고
어떻게 지내는지 사연이나 길게 적어봐

배롱나무 간지러워 미쳐서 돌아가시게
　　―「근황」전문

　순수예술은 자연과 사물을 그 어떤 목적도 없이 있는 그
대로 즐길 수 있는 것을 말하고 상업예술은 예술을 빙자하
여 돈벌이에 그 목적을 두는 예술을 말한다. 자본주의 사회
는 고대사회의 예술작품마저도 경제적 가치로 평가하는 사
회이며 따지고 보면 오늘날은 순수예술과 상업예술(대중예
술)의 경계가 무너지고 그 모든 예술을 상업예술로 만들고
있다고 하지 않을 수가 없다.

　그러나 순수예술과 상업예술의 경계가 무너진 이 순간에
도 상업예술이 침투할 수 없는 공간이 있으니 그것은 동화
의 세계와 일 자체가 기쁨이 되는 창작의 세계라고 할 수가
있다. 송영숙 시인의 「근황」은 동화 속의 자연 아니, 자연
속의 동화를 순수미로 표현해낸 대단히 아름답고 뛰어난

걸작품이라고 할 수가 있다. "나비 한 마리 배롱나무 맨다리에/ 배롱나무 바보라고" 쓰면, "배롱나무 몸 비틀며 간지럽다고" 웃는다. 나비 한 마리가 '배롱나무 바보'라는 말과 글자를 알 리도 없고 배롱나무가 나비 한 마리의 유혹적인 희롱의 몸짓에서 '배롱나무 바보'라는 말과 글자를 읽을 리도 없다. 이 모든 것이 송영숙 시인이 나비 한 마리와 배롱나무를 인간화시키고 그들의 몸짓과 수작을 동화(자연)의 세계로 창출해낸 것이다.

나비 한 마리와 배롱나무는 인간의 언어도 모르고 경제학의 잣대도 모르니, 그만큼 순수하고 때 묻지 않았지만, 그러나 '배롱나무 바보'라는 나비 한 마리의 유혹적인 희롱에 배롱나무는 마냥 즐겁고 기쁘게 웃을 수가 없다. 배롱나무의 웃음은 그만큼 쓸쓸하고 허탈한 슬픔이지만, 그러나 나비는 말도 안 하고 욕도 모른다. 나비 한 마리의 유혹적인 희롱은 거룩하고 순수한 사랑의 언어가 되고 나비 한 마리의 희롱에 배롱나무는 이렇게 대답한다. "나비야 나비야 내친김에/ 곁눈 짓 그만하고/ 어떻게 지내는지 사연이나 길게 적어봐// 배롱나무 간지러워 미쳐서 돌아가시게"라고ㅡ. '배롱나무 바보'는 반어이고, '배롱나무 바보'는 배롱나무를 너무나도 사랑하는 나비의 더없이 부드럽고 달콤한 사랑의 밀어이기도 한 것이다. 요컨대 나비 한 마리와 배롱나무는 이처럼 전희前戱를 즐긴 것이고 그 다음에 "배롱나무 간지러워 미쳐서 돌아가시게"는 성교의 절정 즉, 대단원의 클라이맥스를 뜻한다. 나비 한 마리는 수컷이 되고 배롱나무는 암컷이 된다. 자연의 성교는 종과 종의 경계를 넘어선 성교이며,

티비에서 다섯 아이 엄마가 웃는다
아이 다섯의 아빠가 각각으로 다섯이란다
한 대 맞은 듯 몽롱하다
저쯤은 되어야 감히 사랑했다고
그때그때 충실했다고 말할 수 있지

저 젊은 엄마와
아이 다섯과
남편 다섯이
다 같이 소풍 가면 일처다부
거룩하여라 펄럭이는 치맛자락이여
울려라 둥둥둥 천둥같이 북을 때려라

갈기를 나부끼며 우뚝 선
저 여전사의 졸개가 되고 싶어
등채를 쥐고 맨 앞에 서고 싶어
상모를 돌리며 날장구를 치고 싶어
  ―「저쯤은 되어야」 전문

라는, 다섯 아이의 아빠가 다 다른 다섯 아이의 엄마의 웃음처럼 더없이 순수하고 때 묻지 않은 순수예술 즉, 고귀하고 거룩한 사랑이다. 이 지상에서 가장 고귀하고 거룩한 사랑은 선악을 넘어선 사랑이며 경제학의 법칙도 모르는 자연의 사랑이라고 할 수가 있다. 다섯 아이의 아빠가 다 다른 것이 그 어떤 문제가 되고 나비와 벌떼들이 그 어떤 풀과 나무와 꽃밭에서 혼음을 하거나 이종교배를 한들 도대체 그

것이 무슨 문제가 된단 말인가? 도덕이란, 성 윤리란 더럽고 추한 사랑, 즉, 이룰 수 없는 사랑의 기초가 되고, 선악을 넘어선 동화(자연) 속의 사랑이란 순수하고 때 묻지 않은 사랑 즉, 이룰 수 있는 사랑의 기초가 된다. 사랑은 종교도 모르고 사랑은 국경도 모른다. 사랑은 이념도 모르고 사랑은 도덕도 모른다.

오래된 사진첩을 정리하다가
발등을 찍는 사진 한 장

제주도 어느 식물원 호랑이 석등에
둘이 타고 앉아 영화를 찍고 있다

손가락 만하게 돌돌 말려있는 후지필름
남은 페이지 가늠하며 한 컷 한 컷 박았을 그날
그래 그때는 좋았지
그대나 나나 눈이 멀어서

앞자리에서 고삐를 쥔 긴 머리의 젊은 여자
그 뒤에서 양손으로 여자의 허리 움켜잡고 있는
조금 늙은 남자

보아라 세상에서 가장 행복한 남편네의 미소가 저것이다
참 늠름하기도 하지
—「그때가 좋았다」 부분

송영숙 시인의 「그때가 좋았다」는 추억(동화) 속의 사진 한 장이며, 이 세상에서 가장 아름다운 순정영화의 한 장면이라고 할 수가 있다. 요컨대 "앞자리에서 고삐를 쥔 긴 머리의 젊은 여자"와 "그 뒤에서 양손으로 여자의 허리 움켜잡고 있는/ 조금 늙은 남자"가 연출해낸 순정영화의 명장면이라고 할 수가 있는 것이다. "보아라 세상에서 가장 행복한 남편"과 그 아내의 미소가 거기에 담겨 있는 것이고 그는 그 거룩하고 순수한 사랑을 추억하며 "세상의 남자들이여, 출산하라"고 그 무엇보다도 가장 힘 있고 압도적으로 명령을 내리고 있는 것이다.

문명 속의 사랑은 이룰 수 없는 사랑이고 이룰 수 없는 사랑은 불모성을 자랑하는 사랑이다. 자연 속의 사랑은 이룰 수 있는 사랑이고 이룰 수 있는 사랑은 생산성을 자랑하는 사랑이다.

비켜라 바쁘다
뭐 그리 바쁘냐고
밥하고 빨래하고 애 낳으러 간다
숨어서 혼자 노는 남자들이여
우린 여기까지다
이제 그대들의 앞치마가 펄럭일 시간
연꽃무늬 이불 털어 하늘에 널고
나와서 밥하고 빨래하고 출산하라
입은 다물고 공손하게
튼튼한 팔뚝과 장엄한 종아리로
아기를 품어

배가 남산만 해지도록 키우다가
콩나물 사러 나올 때는
배꼽 볼록 나오게
얇은 티셔츠 한 장 잊지 말기를
— 「남자들이여 출산하라」 전문

삼포세대란 연애, 결혼, 출산을 포기한 세대를 말하고 오포세대란 연애, 결혼, 출산 이외에서도 내집마련과 취업을 포기한 세대를 말하며 칠포세대란 희망과 인간 관계까지도 포기한 세대를 말한다. 삼포와 오포와 칠포는 현대 자본주의 사회의 음화를 가장 적나라하게 보여주는 세태 풍조이자 그 결과라고 할 수가 있다. 더 많이, 더 빨리, 돈에 대한 탐욕이 생산과 소비의 장을 다 움켜쥐고 이제는 '고용 없는 성장'을 외치며 모든 젊은이들의 일자리를 다 빼앗고 말았던 것이다. 대량생산과 대량소비가 주축을 이루던 산업화의 단계에서 이제는 모든 생산과정을 전산화시키고 그 결과, 컴퓨터와 로봇과 인공지능이 그 모든 일자리를 장악하게 되었다. 노동집약적인 산업현장에서 '고용 없는 성장'으로의 눈부신 발전은 소수의 자본가들에게 모든 부를 독점하게 만들었지만 대부분의 사람들에게는 꿈과 희망을 다 빼앗아 버린 '풍요 속의 빈곤'을 안겨주게 되었던 것이다. 오죽하면 우리 젊은이들이 연애, 결혼, 출산, 내집마련, 취업 등을 다 포기하고 마치 바퀴벌레처럼 숨어 살게 되었단 말인가? 자본주의 사회는 소수의 부자들을 위하여 빈곤을 확대 생산하는 반인륜적인 사회이며 컴퓨터와 스마트폰과 인정지능 등이 출현할수록 '나홀로 족'이 늘어나게 되었던 것이다. 공동체 사회는 붕괴되어가고 미래의 꿈과 희망을 잃어버린 우리 젊은이들은 어쩔 수 없이 바퀴벌레와도 같은 지하생활자가 되어갈 수밖에 없었던 것이다.

송영숙 시인의 「남자들이여 출산하라」는 너무나도 과격하고 충격적인 여성해방주의자들의 외침 소리와도 같지만 그러나 그의 「남자들이여 출산하라」는 시는 모든 꿈과 희망을 잃고 자포자기한 우리 젊은이들을 향한 최후의 경고장이라고도 할 수가 있다. 날이면 날마다가 공휴일이고 숨어서 혼자 노는 젊은이들에게 일은 우리 여자들이 할 테니 이제는 애를 낳고 그 아이들을 키우며 집안 살림을 하라는 것이다. 우리 여성들은 "비켜라 바쁘다/ 뭐 그리 바쁘냐고/ 밥하고 빨래하고 애 낳으러 간다"라는 시구에서처럼 사무실에서, 산업현장에서, 거리에서 일을 하고, "밥하고 빨래하고" "애"까지 낳아 키우고 있으니 이제 그만 빈둥빈둥 놀지 말고 집안 살림이라도 하라는 것이다. 아무 것도 하지 않는 것보다는 도둑질이라도 하라는 말이 있듯이 "입은 다물고 공손하게/ 튼튼한 팔뚝과 장엄한 종아리로/ 아기를 품어/ 배가 남산만 해지도록 키우다가/ 콩나물 사러 나올 때는/ 배꼽 볼록 나오게/ 얇은 티셔츠 한 장을 잊지 말기를" 바란다는 것이다. 송영숙 시인의 표제시인 「남자들이여 출산하라」는 무시무시한 익살이자 난처함의 유모어라고 할 수가 있으면서도 소위 '나홀로 족'의 우리 젊은이들을 향한 최후의 경고장이라고 할 수가 있다.

결혼 지옥이라는 프로가 다 있지 뭐야 결혼이 지옥이라고 대놓고 말하는 꼬맹이들아 결혼이 우습지 암 우습고 말고

귀 좀 줘 봐 즐거운 결혼 따윈 없단다 놀던 아이들 중 용
케도 엑스맨을 골라 곁을 나누어주는 거지 왜 있잖아 쿵 심
장 떨어지듯 화끈하게 바닥으로 나동그라지는 거 그래 그
것을 지옥이라 치자

　지옥은 새 옷 입고 처음처럼 가는 길

　희망을 가져봐 지루하지 않은 청룡 열차 이제라도 신나
게 너의 그 애와 나란히 앉아 소리쳐봐 다 가져봐 찡긋 오
늘 어때
　　　　—「찡긋 오늘 어때」 전문

　송영숙 시인은 이루어질 수 없는 사랑을 통해 그 무서운
복수심을 극복하고 이루어질 수 있는 사랑을 찾아냈고 이
'사랑의 시학'을 통해 '순수미의 극치'를 이루어냈다고 할 수
가 있다.「남자들이여 출산하라」는 무시무시한 익살이자 난
처함의 유모어의 소산이지만 소위 삼포, 오포, 칠포세대들
즉, '결혼지옥'이라는 우리 젊은이들에게 이 세상에서 꿈과
희망을 찾아주고자 하는 우리 어머니들의 간절한 소망을 담
고 있는 시라고 할 수가 있다. 그렇다. 그의 시「찡긋 오늘 어
때」에서는 "지옥은 새 옷 입고 처음처럼 가는 길"이라고 말
하고, "결혼이 지옥이라고 대놓고 말하는 꼬맹이들"에게 너
무나도 분명하고 확실하게 이렇게 말한다. "귀 좀 줘 봐 즐
거운 결혼 따윈 없단다 놀던 아이들 중 용케도 엑스맨을 골
라 곁을 나누어주는 거지 왜 있잖아 쿵 심장 떨어지듯 화끈

하게 바닥으로 나동그라지는 거 그래 그것을 지옥이라 치
자"가 그것이고, "지옥은 새 옷 입고 처음처럼 가는 길// 희
망을 가져봐 지루하지 않은 청룡 열차 이제라도 신나게 너
의 그 애와 나란히 앉아 소리쳐봐 다 가져봐 찡긋 오늘 어
때"라고 말한다. 결혼은 지옥이라고 말하지만 "지옥은 새
옷 입고 처음처럼 가는 길"이라는 잠언과 경구는 내가 최근
에 읽은 가장 뛰어난 시구이며 이 세상의 삶의 본능에 대한
옹호이자 그 찬가라고 하지 않을 수가 없다.

"지옥은 새 옷 입고 처음처럼 가는 길"―. 이 잠언과 경구
는 송영숙 시인의 '사랑의 시학'의 가장 깊은 핵심적인 주제
이며, 그 '순수미의 극치'라고 할 수가 있다.

3.

최초의 대서사 시인이자 최후의 대서사 시인이었던 호머
의 인생관과 세계관은 무엇이고 그것을 우리는 어떻게 이
해하고 설명할 수가 있는 것일까? 인생관이란 우리 인간들
의 삶의 안목을 말하고 세계관이란 그가 이 세상을 어떻게
보고 살아가고 있는가라는 삶의 방법을 말한다. 호머는 요
정 칼립소가 제안했던 영생불사의 삶도 거절했는데, 왜냐
하면 전지전능한 신이 아닌 유한한 인간의 삶을 옹호했기
때문이다. 또한, 호머는 무사안일 속의 행복한 삶도 거절했
는데, 왜냐하면 이 세상의 삶은 어차피 수많은 고통과 그 고
통 속의 삶이라고 생각했기 때문이다. 영생불사의 삶은 전
지전능한 신의 삶이지 인간의 삶이 아니었던 것이고 또한,
이 세상의 삶은 고통 속의 삶이지 무사안일 속의 삶일 수는

없었던 것이다. 호머는 그의 분신이자 전인류의 영웅이었던 오딧세우스를 통해서 우리 인간들의 삶을 옹호하고 고통에 고통을 가중시키며 그 고통 속의 삶을 살다가 갔다고 하지 않을 수가 없다.

교만해질래 자신만만해져서
기고만장해져서 천하를 내려다볼래
눈은 독사 코는 코끼리 안하무인이 되어
이쁜 놈들 나쁜 놈들
모조리 후려 한데 부려놓고
얼차려 시킬래

그러니까 내가 종일 웃는 거 같지
웃는 게 웃는 게 아니야

맨드라미를 심으면 시들시들
선인장을 들이면 시름시름
풀이 죽었다
그래봤자 죽기밖에 더하겠냐만
아직은 활화산
빨갛게 넘치는 것이 있으니
불문곡직하고 다시 피어나고 싶은 거지

내가 나라서 참 다행이지만
가끔은 풍경소리 들으며 뻔뻔하게
후리하게 호래자식 감정으로

음탕하게 방탕한 느낌으로

아무렇게나 화끈하게 끝내주게

 ──「화끈하게 끝내주게」 전문

　송영숙 시인의 「화끈하게 끝내주게」는 이 세상의 어중이
떠중이들의 한탕주의적인 삶을 노래한 것 같지만 그러나
그 기고만장한 객기의 이면에는 "맨드라미를 심으면 시들
시들/ 선인장을 들이면 시름시름/ 풀이 죽었"던 만고풍상
의 삶이 축적되어 있었던 것이다. 시인은, 영웅은 최고급의
인식의 제전의 전사이고, 최고급의 인식의 제전의 전사는
결코 쉽게 한탄하거나 좌절하지 않는다. 그는 "눈은 독사
코는 코끼리 안하무인이 되어/ 이쁜 놈들 나쁜 놈들/ 모조
리 후려 한데 부려놓고/ 얼차려 "시킬 힘(지혜)이 있는 것
이다. 산다는 것은 죽는다는 것이고, 따라서 "그래봤자 죽
기밖에 더 하겠"느냐고 이 죽음을 더욱더 크게 끌어 안으면
서 "아직은 활화산/ 빨갛게 넘치는 것", 즉, 불문곡직하고
삶의 의지가 다시 꽃피어나는 것이다.

　시는 낙천주의를 양식화시킨 것이고 행복한 꿈의 한 양식
이다. 시는 이 세상의 삶의 찬가이며 우리가 시를 쓰는 동안
은 그 모든 일들이 다 축제가 된다. "내가 나라서 참 다행이
지만/ 가끔은 풍경소리 들으며 뻔뻔하게/ 후리하게 호래자
식 감정으로/ 음탕하게 방탕한 느낌으로/ 아무렇게나 화끈
하게 끝내주게" 사는 것 같지만, 그러나 이 기고만장한 삶
의 이면에는 이룰 수 없었던 사랑 즉, 그 무서운 복수심을
극복한 자의 삶의 기쁨과 그 환희가 담겨 있는 것이다.

　시는 이룰 수 있는 사랑이고 그 사랑의 기쁨이고 그 삶의

찬가이다. 지옥은 새 옷 입고 처음처럼 가는 길의 기쁨이고, "정식이 오빠는 죽어서 좋겠네"(「정식이 오빠는 좋겠네」)의 기쁨이고, "누군가 내다버린 고서 한 뭉치/ 안아 들고 집으로 오는 길"(「백중」)의 기쁨이다.

내 방 책장 맨 위층은 최상급 시인의 자리
거긴 공기도 달라서
지존만이 오를 수 있는 봉머리다

찬물에 눈을 씻고
제일로 꼽는 시인의 순서로
홍동백서 진설하듯 시집을 모신다
문시인 김시인 이시인 김시인 박시인 허시인
그들의 포지션은 계절별로 바뀌는데
오늘이 그날

반절로 합장하고
죄송합니다 자리 좀 바꾸겠습니다
축하드립니다 한 칸 오르시겠습니다, 고하면
머리를 긁적이며 제각각 나앉으신다
그중 보스는 누구니 누구니 해도 문시인
가고 없어도 내 마음속의 영원한 캡틴
어차피 좋은 시 쓰지 못할 바에야
좋은 시 찾아 읽는 것으로
밥값을 대신하기로 했다

한 폭의 가로 족자처럼

노을 색으로 번져가는 책등의 풍경

저 아우라

— 「당신의 포지션」 전문

송영숙 시인은 "내 방 책장 맨 위층은 최상급 시인의 자리"라고 말하고 그 책장의 공간은 "공기도 달라서/ 지존만이 오를 수 있는 봉머리"라고 말한다. 고귀하고 위대한 인물을 존경하고 찬양하면 자기 자신도 고귀하고 위대한 인물이 되지만 이 세상의 어중이 떠중이들을 사랑하고 그들과 어울려 돌아다니면 이 세상의 어중이 떠중이들이 될 수밖에 없다. 송영숙 시인은 "찬물에 눈을 씻고/ 제일로 꼽는 시인의 순서로/ 홍동백서 진설하듯" 제일급의 시인들을 모셔왔던 것이고 그 결과, "문시인 김시인 이시인 김시인 박시인 허시인" 등의 "포지션은 계절별로 바뀌는데" 나는 그 자리에 오를 수가 없었다고 한탄을 한다. 아니다. "어차피 좋은 시 쓰지 못할 바에야/ 좋은 시 찾아 읽는 것으로/ 밥값을 대신하기로 했다"라는 시구와 "한 폭의 가로 족자처럼/ 노을 색으로 번져가는 책등의 풍경/ 저 아우라"의 시구는 하늘마저도 감동시키고 이처럼 송영숙 시인을 최상급 시인의 자리로 등극시켜 놓고 있었던 것이다.

최상급 시인은 '시인 중의 시인'이며 모든 사상과 이론을 정복하고 그 앎을 육화시켜 최고급의 인식의 제전을 펼쳐 보이는 사람을 말한다. 그는 과거의 역사적 사실과 동시대의 시대정신을 꿰뚫어보고 그 시대를 앞서간 사람이며 「달 달 무슨 달」에서처럼 동시대의 반항아이자 파렴치한의 껍질을 벗어던지고 새로운 인간으로 태어난 사람이라고 할 수가 있다. '시인 중의 시인'은 전인류의 스승이자 아버지이고 최후의 심판관과도 같은 사람이며 송영숙 시인은 그러한 시인이 되기 위하여 이 불모의 땅, 충청도에서 그처럼 '고통의 지옥 훈련과정'을 거쳐왔던 것이다. 송영숙 시인의 세 번째 시집 『남자들이여 출산하라』는 지옥을 새 길처럼 아니 소풍처럼 다녀온 지혜와 용기와 성실성의 소산이며 그의 아름답고 행복한 소우주라고 할 수가 있다.

그렇다. 시인의 길은 "누군가 내다버린 고서 한 뭉치/ 안아 들고 집으로 오는 길"이고, "새 옷 입고 처음처럼" 지옥으로 가는 길이다.

무사무욕한 시선과 순수미의 극치―. 시는 모든 고통의 만병통치약이며 시만큼 그 옷자락이 넓고 대자대비한 것도 없다. 시는 부처이고 예수이며 우리는 시인들이 있기에 이 어렵고 힘든 세상을 행복하게 살아갈 수가 있는 것이다.

송영숙

송영숙 시인은 1959년 대전에서 태어났고, 1993년 『시문학』을 통해 등단했다. 시집으로는 『할미꽃과 중절모』 『벙어리매미』 『선미야 어디 가니』 『하마터면 사랑할 뻔했다』 등이 있다. 호서문학상, 시문학상, 올해의 시인상(월간시) 등을 수상했다.

이메일 songjh4056@hanmail.net

송영숙 시집
남자들이여 출산하라

발 행	2024년 6월 24일
지 은 이	송영숙
펴 낸 이	반송림
편집디자인	반송림
펴 낸 곳	도서출판 지혜, 계간시전문지 애지
기획위원	반경환
주 소	34624 대전광역시 동구 태전로 57, 2층 도서출판 지혜
전 화	042-625-1140
팩 스	042-627-1140
전자우편	eji@ji-hye.com
	ejisarang@hanmail.net
애지카페	cafe.daum.net/ejiliterature

ISBN	979-11-5728-541-9 03810
값	10,000원

이 책의 판권은 지은이와 도서출판 지혜에 있습니다.
양측의 서면 동의 없는 무단 전제 및 복제를 금합니다.

* 본 도서는 충청남도, 충남문화재단의 후원으로 발간되었습니다.